LES TROIS JOURNÉES

D'UN

RÉPUBLICAIN

D'ISSOUDUN

CE TRAVAIL EST DÉDIÉ AUX OUVRIERS DE LA TERRE ET DE
L'ATELIER, DU COMPTOIR ET DU BUREAU, ET ENFIN
AUX OUVRIERS, MINISTRES DE LA RÉPUBLIQUE

PAR

Alexandre LECHERBONNIER

50 CENTIMES

ISSOUDUN
TYPOGRAPHIE ET LITHOGRAPHIE MOTTE ET GOUSTY

1880

LES TROIS JOURNÉES

D'UN

RÉPUBLICAIN

D'ISSOUDUN

CE TRAVAIL EST DÉDIÉ AUX OUVRIERS DE LA TERRE ET DE
L'ATELIER, DU COMPTOIR ET DU BUREAU, ET ENFIN
AUX OUVRIERS, MINISTRES DE LA RÉPUBLIQUE

PAR

ALEXANDRE LECHERBONNIER

50 CENTIMES

ISSOUDUN

TYPOGRAPHIE ET LITHOGRAPHIE MOTTE ET GOUSTY

—

1880

PREMIÈRE JOURNÉE

Après cinquante jours d'absence environ, je regagne
avec la plus vive satisfaction mon toit « si solitaire, »
comme dit le vertueux *Echo*. Je vais revoir mes vieux
meubles amis, et mon jardinet habité par les oiseaux
qui l'égaient touté l'année par leurs cris babillards.
J'entendrai de nouveau la cascade minuscule du moulin de mon voisin, et la cadence du battoir, et le
babil de mes voisines du lavoir qui confine à ma demeure presque champêtre, quoiqu'elle touche au
centre de la ville.

Le moulin de mon voisin a peut-être perdu aux
yeux du poëte ce caractère rustique qui a été long-

---

(1) M. Lachâtre, publiciste éminent, est né à Issoudun ; son acte de
naissance est ainsi enregistré : « Claude-Maurice Delachâtre, né à Issoudun, le 14 octobre 1814. » Son père fut un des plus valeureux officiers
de l'armée française, ainsi que l'atteste sa biographie, que l'on peut lire
à la bibliothèque municipale d'Issoudun.

temps chanté par les amants du genre bucolique,
mais il répare cette perte par des qualités plus so-
lides assurément. Il répand plus de bien-être par son
activité commerciale, et s'il a perdu quelques charmes
platoniques, en revanche il remplit mieux les bourses
petites et grandes. En réalité, le moulin séculaire a
passé comme passent toutes choses ; il a fait son
temps, comme celui des moulins à bras et les bou-
langeries primitives dont on retrouve encore les traces vénérables, mais fort endommagées au milieu des
ruines intéressantes de Pompeï. Leur cycle est accompli, comme celui des rois Maures, des rois de
France et des Papes-Rois d'Italie. Les révolutions les
ont tués les uns et les autres, et l'on est bien forcé de
reconnaître que : moulins à blé et moulins à paroles
infaillibles et sacrés sont condamnés à se transfor-
mer sous l'aile du progrès comme de simples meubles sous l'outil de l'artiste.

La chûte d'eau qui fait tourner la roue du moulin
est un moteur que nous pouvons remplacer aujour-
d'hui par le charbon, et demain peut-être par l'élec-
tricité. Et, en fait de chûte, nous n'aspirons qu'à
précipiter celle d'un cléricalisme perturbateur, agres-
sif et insolent, qui vicie l'air respirable sous toutes les
altitudes, à la ville et au village, dans la plaine et sur
les monts.

Comme la France, elle-même, le moulin de mon
voisin est aussi une victime « malheureuse et persé-
cutée » de la Révolution Française. Modeste dans son
origine, il est devenu, depuis dix ans, un centre d'affaires considérables, un comptoir commercial qui

occupe un personnel nombreux (1). Il s'est créé des relations dans tous les Etats d'Europe et d'outre-mer. Ses affaires atteignent des chiffres énormes et son personnel de bureau a plus d'importance que celui de la Sous-Préfecture. Les employés sont laborieux, ponctuels et discrets. C'est une ruche admirable dans laquelle chacun est à son poste. Celui-ci court au télégraphe, cet autre dirige les convois sur les chemins de fer, un troisième part pour l'Espagne, tandis que son collègue revient de Belgique. Ah ! la belle vie que celle des voyages, quand on rapporte un carnet chargé de bonnes ventes. On VIT dans ce moulin moderne, et ce mouvement donne le branle à tout ce qu'il touche.

Que de reconnaissance ne devons-nous pas à ceux qui nous ont donné, en 1789, cette liberté sans laquelle on n'entendrait dans cette colonie si active qu'un petit tic-tac extrêmement pâle ! A la place où vit honorablement un groupe important de travailleurs, nous aurions toujours le moulin qui faisait la « fournée » des moines et des journaliers du voisinage.

---

(1) Le propriétaire de ce moulin possède également une usine modèle qu'il a fait établir dans un autre quartier de la ville. Cette usine, mue par une force vapeur considérable, est une des plus importantes de France pour le préparation des orges destinées à la fabrication des bières.

Cet intelligent industriel met en pratique un vœu que nous avons émis dans un opuscule intitulé « Documents en faveur des Associations » publié en 1860, et renouvelé à la page 32 d'un autre livre intitulé « Une Promenade autour d'Issoudun. » Nous pensons encore que les capitalistes qui donnent l'impulsion au travail national font plus pour la paix du pays et l'extinction du paupérisme que toutes les théories tapageuses, les faiseurs de signes et les marchands de neuvaines. Aussi nous ne

Car l'ancien couvent des Minimes fait face au moulin dont la roue, qui tourne toujours sur le même axe, m'inspire plus d'une réflexion sur la marche des affaires de la République, dont l'axe est toujours beaucoup trop monarchique et clérical.

Me voici donc arrivé près de mon aimable et bon voisinage de travailleurs, quoiqu'en disent les folles déclamations de la célèbre « abonnée » qui, semblable à une vieille chouette délaissée par son pieux hiboux au ramage mélancolique s'était permis de jeter ses sinistres calomnies sur les gens de mon quartier.

N'espérez pas, madame la Chouette, que je laisserai jamais passer l'occasion de vous être agréable et de vous rappeler que ce n'est pas rue des Minimes, mais aux pieds de la statue de St-Joseph, dans la chapelle même du Sacré-Cœur, que le révérend père Bazire catéchisait les petites filles avec tant d'onction que cet enseignement lui a valu quinze ans de galère et l'occasion de troquer sa soutane noire contre une casaque jaune et un bonnet vert.

J'ai dû, avant toute chose, — (vous comprenez ce sentiment louable, ami lecteur) — remplir mes devoirs de bon chrétien envers une sainte et illustre « abonnée » qui mérite, par ses aimables vertus, que son souvenir soit toujours présent à nos cœurs,

---

laissons jamais passer l'occasion de rendre hommage aux véritables amis du travail, de même que nous ne cesserons jamais de dénoncer à l'opinion publique les pièges et les fourberies de tous les larrons et les charlatans, fussent-ils habillés de robes garnies de dentelles, comme les filles coquettes, et coiffés de bonnets dorés comme les fous et les empereurs.

gonflés d'une joie aussi chaude que celle du sergent
Max en face des vallons chéris de son helvétie.

Ce devoir religieux accompli, je m'installe dans
ma pièce favorite, où je trouve l'image des valeureux
citoyens qui ont honoré notre patrie et l'humanité.
Voici Victor Hugo, le génie fait homme ; Garibaldi,
le preux universel, qui a délivré l'Italie de la peste
noire et qui, pour couronner dignement sa carrière,
est venu combattre à nos côtés contre les Prussiens,
amenés par des traîtres ; Barbès, le chevaleresque républicain ; Louis Blanc, l'éloquent socialiste dont
toutes les études ont pour but d'assurer le pain
quotidien aux travailleurs ; Eugène Süe, l'antagoniste
hardi des jésuites, et d'autres citoyens non moins
célèbres.

Je jette aussi les yeux sur une peinture de Cougny,
dont la physionomie expressive est également pendue
à la muraille couverte de tableaux dont les sujets
évoquent les souvenirs de la grande République, ou
des sentiments humanitaires exprimés par des citoyens
chers à la démocratie.

J'en fais l'aveu, j'aime à m'entourer des apôtres qui
ont préparé ou glorifié la Révolution Française, et
le visiteur, en entrant chez moi, sait toute de suite
qu'il parle à un ami de la Révolution, ce qui, à mes
yeux, constitue à son égard une marque de politesse
qu'on ne rencontre peut-être pas assez fréquemment
dans les villes.

Ma pensée s'arrête au souvenir de ce proscrit, dont
je fis la connaissance à la suite des événements de
1851. Emprisonné et exilé par les étrangleurs de ré-

publicains, les diseurs de patenôtres et les souteneurs
de religions, Cougny, originaire d'une vieille famille
Issoldunoise, dont on retrouve le nom parmi celui de
« messieurs les Eschevins d'Yssoldung, » en 1568, se
fixa à Bourges, à son retour d'exil ; il ne quitta cette
ville que pour aller professer à Paris.

Etant à Dieppe, où je recevais le journal l'*Union
Républicaine*, j'appris que la candidature de Cougny
au Conseil général du Cher, avait eu un plein succès ;
mais au prix de quelles amertumes !...

Là haut, sur les falaises qui dominent cette longue
plage de Dieppe, assis sur l'herbe et le regard fixé
sur l'horizon des mers, alors que je venais de lire le
numéro du 31 juillet de l'*Union* et que je mesurais le
degré d'audace dont les adversaires de la République
sont animés, l'habileté perfide qu'ils déploient pour
diviser le parti républicain au milieu duquel ils se
glissent ; je me prenais à dire, sous l'impression d'un
sentiment bien douloureux : « non, et c'est trop vrai,
le Deux-Décembre n'est pas mort ; » il vit toujours, il
parle, il agit, et il continue son œuvre criminelle. Il
trouble les consciences les plus sincères, et, dans un
jargon renouvelé des calomniateurs et des sauveurs
qui ont étouffé le sublime élan de 1848, il se prépare
à commettre de nouveaux forfaits. Il suffit d'observer
attentivement sa marche pour voir apparaître aussitôt
la main perfide des Tartuffes et des Etrangleurs.
Aveugle qui ne le voit pas, et insensé le citoyen qui
ne travaille pas à enfouir les restes de ce crime affreux
qui s'appelle le Deux-Décembre.

Voilà les réflexions que m'inspirait la lecture des

faits révélés par le journal de Bourges. là-bas, à
Dieppe, sur le sommet des falaises normandes, où
me retenait le soin d'une santé délabrée. En retrou-
vant ici, chez moi, l'image de ce vaillant citoyen,
ma pensée se reporta au temps où le cléricalisme impérial ne se contentait pas, comme aujourd'hui, de
calomnier les républicains, mais les ruinait et les
faisait périr au milieu des tortures du bagne. Puis,
sous l'influence des souvenirs de ces forfaits dont j'ai
été témoin, ainsi que des luttes entreprises par les
défenseurs de la justice et de la loi, je m'assis à mon
bureau et me mis à passer en revue les papiers qui
m'attendaient depuis plusieurs jours ; je trouvai alors
une lettre qui concernait précisément le citoyen avec
lequel je venais de m'entretenir mentalement.

Voici le passage saillant de cette lettre, datée du
2 juillet 1880 :

T∴ C∴ F∴ Lecherbonnier, à Issoudun.

Personne d'entre nous ne connaît le citoyen Cougny...

Vous pourriez peut-être, en rappelant vos souvenirs,
me dire si ce citoyen mérite nos suffrages.

B.

Après avoir lu cette missive, je pris la plume et j'adres-
sai une réponse, conçue en ce sens, à mon confiant in-
terrogateur, à la prudence duquel je rends hommage.

« Au retour d'une longue absence, je trouve votre
lettre, qui, par suite d'une similitude de nom, a été
ouverte avant d'être déposée à mon domicile, où je
la trouve à mon arrivée. Quoique tardive, voici ma
réponse : Je connais beaucoup le citoyen Cougny, et
j'ai conservé pour lui les sentiments les plus affec-

tueux ; c'est vous dire en quelle estime je le tiens. Je n'ajouterai qu'un mot : l'Empire naissant, n'ayant pu le corrompre, l'a emprisonné et proscrit ; l'empire expirant le calomnie. »

Cette correspondance, dictée par le devoir, étant terminée : « voici donc, me dis-je, un nouvel exemple des mille luttes éternelles de l'homme sur la terre. Les siècles de fer et de servage sont passés, mais sommes-nous donc destinés à voir naître le siècle le plus fécond en calomnie ? Allons-nous accomplir une période dans laquelle les calomniateurs seront rois et maîtres absolus d'assassiner les citoyens avec une arme aussi perfide et lâche ? L'ignoble race des calomniateurs pullule et monte à l'assaut de la société. Ces affreux vampires se disent républicains et mettent un masque libéral sur leur visage repoussant, afin de mieux tromper les électeurs.

C'est une fatalité, vraiment !... Lorsque l'homme aux instincts cupides et féroces ne peut plus violenter son semblable et l'asservir sous le fouet ou le couteau, il le calomnie, sachant bien que cette arme meurtrière laisse toujours trace de son passage.

Sous l'impulsion amère des ravages que peuvent exercer les misérables et vils calomniateurs au sein d'une paisible cité, j'entrevis les maux innombrables qu'ont souffert ceux qui nous ont précédés dans les luttes de la justice contre le mensonge et le crime. Je vis les premiers humains poussés par la nature, obligés, tout d'abord, de se mettre à l'abri des éléments : le vent, la neige, le soleil brûlant et les grands animaux sont pour lui autant d'ennemis à combattre. Son génie — (le génie bienfaisant) — enfante des merveilles. Il cultive, il trafique, il récolte des trésors ; mais son voisin, moins heureux, jalouse la prospérité du travailleur paisible et prévoyant, et, excité par des convoitises que rien ne retient, le génie de celui-ci — (le génie malfaisant) — trouve le moyen de s'approprier impunément cette prospérité légitime. Dès lors, la force et la ruse concourent a l'attaque ou à la défense des hommes entr'eux. Le vaincu doit nourrir le vainqueur et lui assurer toutes les jouissances, poussées jusqu'à l'abus.

L'extermination mène tous les peuples. Les guerriers victorieux sont traités de saints et de dieux, L'épuisement des races humaines, arrachées du sol, arrête seul les barbares et les dieux qui vivent des dépouilles des morts ; mais aussitôt que le sol est repeuplé les prêtres des dieux crient aux armes !... Et le carnage recommence, et des torrents de sang humain rougissent la terre. Quand donc s'arrêteront ces affreux torrents ?... hélas ! nul ne le sait ; mais qu'importe le jour ; ce qu'il importe, c'est de l'arrêter.

A l'œuvre donc, vaillants fils de France. Debout serfs, ouvriers, laboureurs, matelots et soldats. En avant les apôtres de l'humanité, les poètes et les philosophes qui ont pâli sur les livres pour apprendre l'art de gouverner les hommes et de les conduire dans la voie d'une paix bienfaisante et civilisatrice.! Levez-vous tous pour la République Française ?...

Et tous se levèrent en 1792, en s'écriant : « Jurons d'anéantir tous les tyrans et d'aimer tous les hommes

comme des frères. » Et ils partirent contre les rois,
pour la sainte délivrance.

Pieds nus, sans pain, sourds aux lâches alarmes.

Et ils triomphèrent en héros. Alors un monde nouveau se lève ; mais le génie malfaisant du vieux
monde, des rois et des prêtres, s'agite encore, hideux
comme le crime armé de l'immonde calomnie...

DEUXIÉME JOURNÉE

« C'est par leurs suffrages que les ci-
» toyens font acte de souveraineté. »
« LEDRU-ROLLIN. »

Ma petite maison est toujours gaie, malgré le siége
qu'elle a soutenu contre les cagots et les porteurs de
scapulaires, qui, poussés par la vieille chouette sur-
nommée « l'abonnée, » se sont abattus sur elle comme
une nuée de vautours sur une proie sans défense.

Le soleil brille, le ciel est bleu, les enfants chantent
sur les bords de ma petite rivière qui disparaît en
tournant sous un berceau de feuillage, ravissant à
faire rêver un peintre amoureux des plus charmants
bijoux. Mais voici mes bambinets qui abusent de
leur souveraineté enfantine, absolument comme s'ils
étaient des évêques ou des préfets, voire même des
sous-préfets omnipotents et sans scrupules, alors
même qu'ils violent les réglements de la loi républicaine, et qu'ils calomnient leurs défenseurs ; tout
cela parce qu'il plaît à ces aimables turbulents de
jeter quelques traits de leur génie clérical en l'air

pour attirer les regards des imbéciles, comme cet athénien qui coupait la queue de son chien afin de faire dire dans la Cité : Ah, voici Alcibiade qui a coupé la queue de son chien. Quel homme étonnant, quel génie !...

Mes bambinets ne songeaient pas à briser la municipalité d'Issoudun pour faire éclater leur génie comme un pétard clérical. Mais ils jettent dans la rivière un sable que je destinais à tout autre chose qu'à effrayer les petits poissons. Un ouvrier maçon, gardien fidèle et intelligent de son chantier, se scandalise de ce coup d'état enfantin, se fâche, et de sa plus grosse voix leur crie : « sacrrrée p'tits polichinelles de pain d'épices ! Ah ça, allez-vous bientôt finir de gâter tout l'ouvrage, espèce de « gosses avariés, » ou je vais vous allonger les oreilles ?

Les « gosses » se sauvent avec un entrain qui proteste énergiquement contre l'injurieuse épithète « d'avariés » dont le maçon les a gratifiés. Ils courent encore, et moi je ne cesse de rire.

Ah ! la bonne farce, dis-je au maçon. Il est bien dommage que lorsqu'un sous-préfet est saisi de la dévorante fantaisie de jeter des pierres au sein d'une paisible cité républicaine, il ne se trouve pas un sénateur robuste, gardien fidèle et intelligent du chantier, pour lui crier de sa grosse voix : « sacré p'tit polichinelle de pain d'épice ! Ah ça, allez-vous bientôt finir de gâter tout l'ouvrage, espèce de « gosse avarié, » ou je vais vous faire rogner le budget sous-préfectoral ! »

Mais les sénateurs robustes ne sont pas toujours

où ils devraient être, et trop souvent ils sont où ils
ne devraient pas être ; et puis ils sont tellement
écrasés de vacances qu'ils sont anéantis par cette
besogne. L'homme n'est pas parfait. Cependant il
sera beaucoup pardonné à ceux qui ont beaucoup
aimé la République. Mais il faut que nos sénateurs
tiennent compte de la clairvoyance publique, et qu'ils
n'ignorent point que les électeurs ne sont pas dupes
des rouéries des fonctionnaires à double face. Ils
voient parfaitement les manœuvres de ces gens, qui,
tout haut, disent qu'ils servent bien les intérêts de
la République, tandis que leurs actions prouvent que
c'est la République qui sert leurs intérêts. Et le
plus cruel c'est de penser que le jour où un électeur
sincère démontre à un sénateur républicain qu'il est
dupé par son protégé, ce sénateur devient féroce,
non contre le dupeur, mais contre celui qui démas-
que l'incapable et dangereux fonctionnaire qui sert
mal la République. Un sentiment d'amour-propre,
dépourvu d'un véritable civisme, l'empêche d'avouer
devant son électeur clairvoyant et de s'avouer à lui-
même qu'il s'est trompé. — (Il croirait déchoir en
faisant l'aveu d'une erreur, tandis que cet aveu le
grandirait) ; — Mais notre éducation monarchique n'a
pas encore permis de créer des sénateurs-citoyens
capables de faire passer une continuelle préférence
de l'intérêt public avant leurs propres sympathies
ou les intérêts des amis qu'ils protègent sans con-
trôle efficace. Ne demandons pas plus au pommier
de nous donner des cerises, qu'aux sénateurs un
dévouement républicain infaillible.

En ce moment, par une des fenêtres ouvertes de ma maison, un grand jouvenceau blond, à l'œil tendre et aimant, fait entendre ses refrains parisiens les plus nouveaux. Ce jeune homme est en vacances et ne songe qu'à bien passer son temps, sans souci des intrigues préfectorales. Ce souci n'est pas de son âge heureux ; mais il viendra tôt. Le temps n'arrête pas son vol éternel : Petit citoyen deviendra grand.

La jeunesse est un bien précieux, mais dont heureusement jouissent autant ceux qui l'ont perdu que ceux qui le possèdent ; ou du moins tel est mon cas, et je serais desolé si, dans mes promenades à travers nos prairies, je n'avais pas rencontré le visage épanoui de la confiante jeunesse.

Je suis heureux, sur le déclin de ma vie, du bonheur de l'enfant dont la sève généreuse promet un citoyen dévoué à sa patrie. Celui qui est là chante à son gré des airs tendres ou valeureux, pour satisfaire un plaisir favori, et j'en prends ma part avec un doux plaisir.

Nous avons tous sous la main ces petits bonheurs, que la vue des champs et des fleurs, le rire de la jeunesse et le chant des oiseaux viennent encore embellir, et je plains les hommes qui les délaissent pour les jouissances factives créées par un esprit déréglé.

J'en étais là de ma philosophie et des réflexions qu'elle m'inspirait, lorsque mon jeune chanteur cessa ses roulades échevelées pour me raconter une nuit de plaisirs, passée dans un festin qui réunissait plusieurs familles composées de bons et aimables gens comme on en rencontre au foyer des vieilles familles de la ville d'Issoudun.

Si la graine des bons cœurs et des caractères paisibles était perdue, on la retrouverait dans cette antique et valeureuse cité berrichonne en quantité suffisante pour en repeupler le monde. Un seul point fait tache dans son cadre aimé. Elle a eu, l'infortunée, le malheur impérial de laisser envahir ses murs par la « gangrène noire » qu'un étranger nous a rapportée d'un antre funeste d'où sortent tous les maux dont les sociétés sont atteintes. Et depuis lors, on voit apparaître sur le corps de cette cité quelques plaies qu'il faut cautériser, ici ou là, selon la partie malade.

On fêtait la Saint-Bernard à Issoudun. La dévotion tient peu de place dans ces agapes organisées en vue d'entrenir la belle humeur parmi les confrères, qui seraient bien en peine, par ma foi de radical, de raconter la vie de ce Bernard qui fut en son temps le plus grand égorgeur d'hérétiques et non moins grand égorgeur de ceux qui ne l'étaient pas. Car Bernard était un saint très-fougueux, qui avait pour règle de sainteté d'immoler les hommes qui gênaient son insatiable avidité, et de voler leur biens en ce monde en leur disant : « Dieu vous les rendra dans l'autre. »

Le monde est encore plein de gens qui extorquent volontiers labourse de leurs semblables avec des « Dieu vous bénisse, » et qui sont bien plus les disciples de Saint-Bernard que ne le sont les gens d'Issoudun, qui ne songent point à voler leurs semblables pour l'amour de Dieu, mais à travailler honnêtement pour élever leurs familles.

Mon jeune conteur, tout enflambé, ne taraissait guère sur les agréments du festin et la chaleur des flons-flons, et, faut-il le dire, sur l'amabilité de la jeunesse, côté des dames, qui étaient toutes plus jolies et plus gracieuses les unes que les autres. Il en rêve tout éveillé, mon jouvenceau de Paris.

— Recevez mes félicitations, dis-je à mon jeune ami. Conservez toujours, au milieu du travail ou des plaisirs, ce caractère ouvert et enclin à l'amitié qui vous distingue. Soyez prudent, fuyez les excès et redoutez la fréquentation de ceux qui les commettent ; et, autant que vous le pourrez, ne craignez pas de produire ce rayon aimable et chaleureux qui est au fond de votre cœur et qui brille dans vos yeux.

Retournez auprès de vos amis, cueillez ensemble les roses de la vie lorsqu'elles se présentent à vous ; mais n'espérez pas échapper, sans de rudes combats, à l'aiguillon des ronces, ni au venin des langues empoisonnées qui tuent les hommes sans défense.

Vous m'avez demandé, mon jeune ami, pourquoi je ne suis plus mêlé aux affaires publiques, comme je l'étais autrefois. Je veux bien satisfaire à vos désirs et vous en dire un mot.

La vie publique est un véritable champ de bataille sur lequel un capitaine est toujours en vedette et beaucoup plus à la peine que les simples soldats. Et le repos, en ce cas, pour celui que les citoyens ont toujours vu à l'assaut de tous les abus, est une douce chose, qui est même nécessaire pour se préparer à soutenir de nouvelles luttes, à célébrer de nouveaux triomphes. Cependant, si le repos est doux, ne croyez pas, mon jeune ami, que ma retraite soit la désertion d'une cause que je n'abandonnerai jamais.

Il est bon d'être libre, afin de mieux surveiller la marche des adversaires de la République. Cette retraite me permet de mieux apprécier leur conduite et de deviner l'avenir. L'arme qui a brillé dans leurs mains s'émousse déjà, et bientôt elle se retournera contre eux pour les couvrir de confusion.

La calomnie, je vous l'ai dit, est maniée fort habilement à cette époque par certains fonctionnaires salariés de la République, qui battent en brèche les fonctionnaires non salariés, surtout lorsque ceux-ci sont le produit des suffrages républicains et qu'ils ajoutent à cette qualité celle d'être les ennemis de l'intrigue. On voit même des citoyens se laisser séduire par le prestige qu'exerce autour d'eux la position autoritaire et luxueuse de certains magistrats, qui ne craignent pas d'abandonner les intérêts de la chose publique pour devenir les satellites dociles des plus dangereux ennemis de la République. Et pour vous fournir la preuve de ce fait, je vous conterai brièvement un événement récent, qui a eu quelque retentissement dans la ville où il s'est passé, sans cependant ouvrir les yeux de nos ministres, ni même de nos représentants.

Une municipalité républicaine vivait en paix avec la majorité des citoyens de la ville, et le gouvernement de la République n'avait pas, par toute la France, d'amis plus dévoués et moins exigeants que ces républicains-là. Ils n'étaient occupés que des intérêts de la commune et de l'amélioration des écoles populaires. C'en était trop, le personnel habile, trop habile de la sous-préfecture — (car c'était bien une sous-préfecture, et ma mémoire sur ce point est aussi précise que sur les autres) — trouva le moyen d'amonceler avanies sur avanies sur les membres de cette municipalité. Leurs pièces administratives ne sortaient point des tiroirs des bureaux et n'arrivaient jamais dans les ministères. D'autres pièces, qui avaient un caractère confidentiel, et qui, par conséquent, auraient dû rester dans les tiroirs de ces mêmes bureaux, sous peine de déshonorer ceux à qui elles avaient été adressées, en sortaient comme par enchantement pour courir les rues. On les trouvait jusque sur l'étalage des sabotiers et le comptoir des camelotiers, qui en régalaient les acheteurs de bobines de fil. On faisait l'acquisition d'un quarteron d'épingles et on emportait une petite nouvelle à sensation sur le compte d'un élu des suffrages républicains. Le camelotier était toujours d'une verve piquante. C'était écœurant comme morale publique, mais fort réjouissant pour les cléricaux, qui sont très-friands de camelote frelatée.

Un des complices de ces faits inouïs, et dont nous verrons les blanches mains plongées jusqu'au coude dans les choses les plus malpropres, reçut un jour, des mains du facteur, une lettre sur l'enveloppe de laquelle ne figurait pas son nom. Naturellement, un honnête homme aurait retourné discrètement cette lettre ; mais ce tortueux fonctionnaire n'a pas de ces préjugés empreints de radicalisme : il garda la lettre, avec la pensée qu'elle pourrait bien lui révéler des faits de nature à jeter sur la République un éclat inconnu jusqu'à ce jour, et dont il porterait toute la gloire. Ainsi fortifié dans son civisme, ce petit serpent, humide et verdâtre, brisa le cachet sans plus d'hésitation que n'en mettait Cartouche à briser les serrures qui se permettaient de mettre obstacle à son amour pour les cassettes bondées de pièces d'or.

Notre petit héros de cabinet avait flairé juste — (c'est étonnant comme ces gens-là ont du flair. On ne devient pas, dit un publiciste célèbre, il faut naître coquin pour accomplir de ces scélératesses-là avec succès). — La lettre contenait un fait qui, publié et dénaturé, devait ajouter un lustre inouï à la gloire d'un Scapin, chef de bureau, qui en comptait cependant une certaine dose. Ce discret personnage, après avoir lu la lettre violée, en communiqua des extraits à tous ses porte-trompettes et à ses porte-coton, et dix minutes après, toute la ville connaissait une histoire sur le compte du signataire de la lettre fracturée. Mais les malfaiteurs qui goûtent trop haut leurs triomphes, se perdent quelquefois par cet excès de bonheur qui les enivre. Des personnes sensées, qui connaissaient l'honorabilité de l'auteur de la lettre incriminée, mirent à jour la vérité. Il fut établi que le contenu de cette lettre était fort avouable ; mais il n'en fut pas de même de l'acte inqualifiable qui l'avait fait sortir de la vie privée, afin de le faire passer dans le domaine public sous un faux jour, en dénaturant les faits. Le briseur de cachets fut jugé à sa juste valeur. La conduite peu avouable de ce singulier diplomate fut flagellée comme elle le méritait, sans relever son prestige. Le Gouvernement seul n'infligea pas à cette espièglerie la flétrissure qu'elle méritait, et ce monsieur, bien en cour, continua à diriger les papiers selon ce qu'il jugeait bon pour sa République personnelle.

C'est également ce galant homme, qui est toujours absent lorsqu'un maire de campagne républicain se présente à son bureau, et toujours présent lorsque c'est le curé qui tient en échec le maire républicain. C'est encore ce fonctionnaire distingué, digne d'être nommé garde des sceaux pour rire, qui palpe très bien les finances de la République, mais qui s'obstine à ne jamais la reconnaître en public, sous prétexte « qu'on ne sait pas si ça tiendra, c'est plus prudent de ne rien dire », ajoute-t-il d'un accent convaincu ; et, toujours convaincu, il passe à la caisse de la République. Enfin, c'est encore à sa complicité, inconsciente peut-être, que nous devons des scandales plus étonnants et plus désastreux, car on le vit, très ardent, dans les rangs des fonctionnaires qui employèrent un moyen singulier pour mettre les élus du suffrage universel dans une position qui les obligerait à démissionner ou à se perdre dans l'esprit de leurs concitoyens, s'ils persistaient à rester dans un poste avili et inhabitable pour tout citoyen ennemi de la servilité, et qui a quelque souci de laisser intacte la dignité de la magistrature dont il est investi.

Sous un prétexte prémédité, et qui démontre la mauvaise foi des fauteurs de désordre public, on viola la loi — (après avoir brisé des cachets, cela ne coûtait guère) ; — on arrêta aux portes de la ville plus de deux mille citoyens, et par des provocations grossières, on les excita à la révolte. Ces provocateurs endurcis violaient les lois, sachant bien que rien

n'autorise mieux le peuple à se révolter pour la défense de ses droits que lorsque la loi est violée. Et
afin de montrer leur prudence exquise aux yeux des
ministres, ils tenaient à l'ombre des baïonnettes, dont
la vue n'échappait point à cette perspicace population,
insultée et menacée de voir couler son sang, si elle
voulait montrer autant d'énergie à soutenir la loi que
les fonctionnaires en mettaient à la briser. Ce fut
pendant une semaine un scandale inouï, au milieu
duquel on remarqua les fonctionnaires de l'ordre infé-
rieur fort occupés d'attiser le feu par leurs propos
injurieux, lancés à brûle-pourpoint contre les citoyens
et les magistrats municipaux.

Mais, me direz-vous, ce fait est matériellement impossible. S'il avait eu le caractère de gravité que vous
lui donnez, il aurait amené des protestations vigou-
reuses, et une prompte et énergique répression envers les coupables. — Je vous affirme que les faits ont
eu plus de gravité que je ne leur en attribue, et que la
municipalité a protesté énergiquement ; ce qui, du
reste, a provoqué un éclat de rire assez retentissant
de la part des violateurs, qui en faisaient des gorges-
chaudes avec leurs amis, dont les épanchements sur
ce sujet remplirent les colonnes d'un journal républicain.

En effet, une enquête a eu lieu, au dire des mouches
du coche et des officieux de cette sous-préfecture ouverte à tous les mauvais vents, qui ont affirmé que
cette enquête discrète avait établi, jusqu'à l'évidence
la moins controversable, que tous les fonctionnaires,
depuis le Président de la République jusqu'au saute-
ruisseau de l'homme agile à briser les cachets, avaient

fait leur devoir, un devoir rigoureux, et qu'ils avaient même poussé le sacrifice jusqu'à mouiller leurs chemises pour soutenir la loi et la municipalité plaignante.

Ah ! vous croyez peut-être que des fonctionnaires honnêtes, soucieux de la dignité de leur gouvernement et respectueux de la justice, se seraient fait un devoir d'entendre les membres de la municipalité, et d'appeler les deux mille citoyens dont la liberté avait été violée, que l'on avait contraint, au mépris des lois, par menace et sous peine de procès, à signer des déclarations que la loi n'exige pas. — Vous êtes bien naïf, jeune homme, de croire à l'indépendance des fonctionnaires. Vous ne savez donc pas que les bureaux sont constitués comme sous la monarchie, et que tous les employés sont des instruments dont la seule préoccupation consiste à obéir aveuglement à des ordres donnés par des chefs qui sont quelquefois des flibustiers politiques, ainsi que cela est arrivé dans le cas dont je vous entretiens.

Ce sont les coupables eux-mêmes qui ont été chargés de faire cette enquête, qui devait faire connaître leur conduite édifiante, et alors, tout naturellement, sans barguigner, ils se sont tous congratulés, et se sont montrés, devant Son Excellence le Ministre, blancs comme la plus blanche neige, lequel, devant tant d'innocence méconnue, n'a pas hésité à leur octroyer une bénédiction large et bien sentie.

Mais, direz-vous, mon jeune ami, car je vois que vous laissez percer un sourire d'incrédulité ; mais les membres de la municipalité violentée devaient protester et en appeler, au besoin, à la sagesse du Président Grévy. — Je crois déjà vous avoir dit que cette protestation a été éclatante ; mais vous saurez, l'exemple l'a prouvé, que plus les protestations des municipalités des petites villes sont éclatantes, moins elles parviennent aux oreilles d'un ministre. Et si, par hasard, il a quelque teinte de l'événement, son entourage lui prouvera *mordicus* que c'est le lapin qui a commencé.

Il paraît même que cette affaire scandaleuse a eu pour effet de fortifier les coupables dans leurs postes, et de leur faire donner les meilleures recommandations auprès du Gouvernement, qui ne se doute guère qu'il témoigne un peu trop d'affection aux briseurs de cachets et aux sabreurs de municipalités républicaines. Et voilà comme ça se mène.

La municipalité, se voyant abandonnée et bafouée par les commis, sous-préfets, préfets et ministres de la République, donna sa démission, et le lendemain tout rentrait dans l'ordre accoutumé. Le tour de gobelets des charlatans politiques qui avaient joué avec la paix de la cité et le sang des citoyens, avait parfaitement réussi, le succès était complet.

Les amis trop zélés de cette administration modèle annoncèrent à son de trompe que le préfet et le sous-préfet s'étaient mis en quatre pour soutenir des droits indiscutables, et qu'ils avaient fait un rempart de leur corps à cette *municipalité tombée pour la défense des lois de la République*, calomniée, violée et révolutionnée pour de longues années peut-être ; la calomnie, illustrée par Bazile, ne laisse-t-elle pas toujours des traces de son passage abject ? Voilà ce que n'ignorent point les briseurs de cachets, assurément. Ceux-là savent ce qu'ils font, et ne pèchent pas par ignorance.

Rendons-leur justice. Le préfet et le sous-préfet firent preuve, dans la circonstance, d'un tact inouï Ils voulurent établir qu'ils avaient agi avec une intelligence extrême ; et ils poussèrent même le dévouement jusqu'à « pousser » un conseiller général, trop confiant, dans un lieu où il n'avait que faire, afin de lui faire dire des choses magnifiques, mais qui avaient l'inconvénient d'être tout le contraire de la vérité.

Le préfet et le sous-préfet, par un excès de délicatesse qui confine à l'héroïsme, firent dire — (à la cantonnade, comme vous pensez bien) — à cette municipalité écrasée sans phrase, vouée aux sarcasmes des fonctionnaires salariés et de tous les ennemis de la République, abandonnée de tous ceux qui avaient le devoir de la soutenir : « Eh ! dites donc, monsieur le Maire radical, sectaire, mangeur de prêtres, épicier en retraite, vous savez : comme vous avez soutenu les lois de la République et les intérêts de la commune, nous ne pouvons pas accepter votre démission sans faire semblant de vous offrir de la reprendre, oh ! non, nous savons vivre. Venez, et si vous vous présentez convenablement, chapeau bas, la bouche en cœur et l'échine en demi-cercle, comme un beau quartier de lune blonde, demandez-la à notre concierge, peut-être vous la remettra-t-il. Mais, morbleu ! nous ne vous en voulons pas, et la preuve, c'est que nous vous offrons de faire semblant de reprendre votre démission. Demandez-la donc, pour nous faire plaisir, sacrebleu ! »

Je n'ai pas besoin de vous dire, mon jeune ami, la réponse que fit ce maire radical à cette offre aussi candide qu'elle était empapillotée de séductions généreuses, eh bien ! le croiriez-vous ? il se borna à hausser les épaules, l'ingrat !...

Ce préfet était peut-être un brave homme, son sous-préfet était peut-être aussi brave homme que lui, je n'en sais rien ; il y a des braves gens partout, et les briseurs de cachets sont fort rares, mais ce que je sais bien, c'est que tous les deux se sont montrés de parfaits ignorants et des instruments, — d'une docilité à donner des haut-le-cœur aux plus robustes estomacs, — au service des bureaux où se fabriquent les calomnies, le viol des règlements et les interprétations jésuitiques qui servent de prétexte pour bouleverser les municipalités républicaines ; car on ne peut supposer que le sous-préfet lui-même, s'il avait eu un tant soit peu d'entendement, avant de tremper ses mains catholiques dans cette Saint-Barthélemi, ne se serait pas tenu ce simple raisonnement, qui n'aurait pas échappé à l'enfant le plus ingénu du monde entier : « Mais, sapristi ! voyons donc un peu. Je ne suis pas une bête et je connais mon histoire de France, j'ai même failli remporter un quatorzième accessit au lycée, et je n'ignore pas qu'en pareille circonstance, Catherine de Médicis, après avoir fait une purée de protestants, adressa ce compliment flatteur à son aimable fils Charles IX : « Bien coupé ! maintenant, il faut coudre, mon petit roi mignon. » — Donc, si je laisse mettre en poudre un nid de radicaux, qui sont forts mauvais catholiques, ce sera une œuvre pie, assurément ; mais, saperlotte ! après avoir coupé, il faudra coudre, et moi qui n'ai pas de fil, me voilà donc forcé de rester honnête sous-préfet, puisque je ne peux pas faire autrement.

Il est bien évident, aux yeux de la myopie la plus invétérée, que si le sous-préfet avait eu une dose suffisante de raisonnement, ce qui lui a fait défaut, il n'aurait pas laissé couper une mairie républicaine en trente-six quartiers et jeter ses friands morceaux à tous les chiens réactionnaires errants de la ville, à tous les rats de sacristie, pour être, après cette belle équipée, dans la triste nécessité de laisser voir à nu, devant une population goguenarde, qu'il était totalement dépourvu de fil et dans la nécessité, encore plus désastreuse, de ne pouvoir rien coudre, pas même deux paroles à la suite l'une de l'autre, ce qui du reste est arrivé quelquefois à d'autres personnages qui n'étaient pas moins intelligents que ce terrible embrocheur de municipalité républicaine.

Que ce récit vous soit un enseignement, mon jeune ami, pour le jour où vous serez mêlé aux choses de la vie publique. Soyez toujours prudent dans vos actions, scrupuleux observateur du devoir qui s'impose à tout bon citoyen de ne rien faire qui ne soit profitable à la République, et enfin, mon jeune ami : « Aimez vos semblables, si vous voulez qu'on vous aime, mais poursuivez sans relâche la calomnie, et portez la lumière et la vérité partout où elles doivent être. »

Mais voici que ma porte s'ouvre à l'un de nos bons citoyens, empressé de saluer mon retour. C'est un ami toujours dispos, d'une franchise piquante et pleine de verve. Il en abuse parfois, mais on pardonne le péché mignon de ce républicain sincère et très dévoué.

— Bonjour, Molest, lui dis-je en lui serrant cordia-
lement la main. — Bonjour, comment vous portez-
vous, mon vieux et incorrigible radical ?—Bien, Molest,
si la République va bien ; mal, si la République va
mal. — Elle va bien, réplique Molest, c'est le cléricalisme qui va mal, il est même extrêmement malade
en ce moment. — Comment cela ? — Voici du
nouveau.

—Eh oui ! il triomphe ici, donc il va mal. Le triomphe n'est-il pas le tombeau du cléricalisme ? N'est-ce
pas à l'œuvre qu'on connaît l'ouvrier ?

— Je comprends ta raillerie, elle cache même un
fond de sage vérité. Mets-moi, je te prie, au courant
des choses de la cité, mon cher et bon Molest ?

— Oh ! il s'en est passé de belles pendant votre
absence, s'écrie mon visiteur. Les oreilles me tintent
encore des cris de nos luttes locales, car ici comme
ailleurs les républicains ne sont pas sur des roses ; ils
sont assaillis de toutes parts par ceux qui ne le sont
pas, quoique ceux-ci s'en aillent toujours en criant :
« nous sommes républicains, nous, les bons ! » Cependant, malgré ces étranges républicains, qui secrètement on adopté la cocarde en papier blanc, nous avons
triomphé aux élections, et nos candidats républicains
ont passé sans efforts à travers tous les obstacles en
papier blanc.

Le cléricalisme impérial, royal et républicain, fortement constitué sous une seule bannière, celle du
Sacré-Cœur, devait, disait-on, présenter un candidat
invincible. On avait mis en avant un personnage qui
s'était fait une réputation parmi les républicains... de
carton, comme dit la chanson humoristique de mon

ami Alfred ; mais il paraît que ce candidat merveilleux, dont le nom est resté un mystère, n'a pu sortir de son cabinet où le retient une chûte désagréable pour... sa candidature, mais assez joyeuse pour les amateurs de la cascade drôlatique et de l'imprévu cocasse.

Il est fâcheux qu'un regret sérieux se mêle à cet éclat de rire fou. On m'affirme qu'une scission profonde s'est manifestée au sein du Conseil municipal. On dit que, par suite de manœuvres occultes, l'ennemi de la cité et du repos public est parvenu à jeter la division parmi des citoyens qui s'estimaient jusquê-là. De là vient la crise dont on parle beaucoup à Issoudun.

Ce cas n'est pas nouveau, et l'on a vu même de fortes cervelles éclater comme verre sous le poids des affaires publiques, même au village, reprit Molest, — après avoir allumé un cigare. — J'ai connu jadis, « dans mon jeune âge et sous d'autres climats », comme s'expriment élégamment les faiseurs de romans, un conseiller très distingué de sa personne, joli comme un chérubin, toujours ganté de frais jusqu'au coude, comme l'archiduchesse d'Autriche, dont il avait la grâce enjouée et le suave maintien, et de plus, doué de toutes les qualités imaginables, franc comme l'or et incapable de trahir une parole donnée. Ah ! ce n'est pas lui qu'on aurait vu, au sein des réunions de son village, pousser ses amis a quitter le pouvoir afin de l'escalader sur le champ, en s'écriant au milieu de ses claqueurs : « J'ai sauvé la sous-préfecture prête à s'engloutir, sans moi tout était perdu. » Oh ! non, ce n'est pas lui qui se serait conduit de la sorte. C'était la loyauté même, et avec

cela intelligent et orateur de mérite ; auprès de lui
Berryer aurait pâli, car c'était au temps où vivait
Berryer que vivait cette nature d'élite. Aussi fut-il
nommé maire par acclamation, à l'unanimité. C'était
justice, car il fut un maire accompli, une perle rare,
un merle blanc, un maire comme on n'en avait jamais
vu, comme on n'en voit pas et comme on n'en verra
jamais. Hélas ! quand j'y pense, ma paupière se gonfle
et je verse un pleur désespéré.

Tant de vertu trop tôt fut obscurcie.

Un jour, trois fois néfaste et à jamais regrettable,
à la suite d'une fugue municipale qu'il se serait bien
gardé de faire naître, car c'était aussi un modèle de
la prudence unie à la candeur la plus immaculée, il
fut pris du vertigo ; ce maire incomparable était
frappé comme un simple mortel.

Voyez combien le génie d'un grand homme est fra-
gile. Au milieu de sa gloire resplendissante, le vertigo
se présente : psittt..., crac.... et le génie disparaît dans
un océan de ridicules panachés. Il ne reste plus aucune trace de ces qualités éminentes qui faisaient de
ce maire le plus bel ornement de la société : « La
gloire l'appelait, il arrive, il succombe. » Criminel
vertigo.

A dater du jour de l'événement, ce maire malade
devint tout-à-coup grincheux, hargneux ; il regimbait,
ruait, et se mettait à braire comme un âne rouge.
Son éloquence, jadis plus douce que le miel et plus
persuasive que la voix des anges, s'était transformée
en sons rauques, faux, colériques et repoussants. Il
faisait le diable-à-quatre autour de lui. Il n'y avait

plus de repos pour personne, ni pour son chien, ni pour son chat, auxquels il adressait, nuit et jour, des discours de deux heures sur l'art de faire des cocottes en papier ou des paraphes sur les registres de l'état-civil, mais qui restaient incompris des intéressants quadrupèdes auxquels il les déclamait et dont le silence persistant était, s'écriait-il, une atteinte portée à son honneur, pour lequel il réclamait bonne et prompte justice. Ce proconsul maniaque en disponibilité demandait raison à tous les animaux domestiques de sa maison. C'était tout le long du jour prétexte à des « *casus belli* » retentissants, dont le vacarme causait le plus profond émoi dans le village alarmé.

Plusieurs de ses amis intimes, pour calmer la fièvre de l'infortuné Dandin municipal, avaient poussé la condescendance fraternelle jusqu'à fabriquer des cartels terrifiants qu'ils offraient à tous les passants ébahis.

Il fallait l'entourer d'une surveillance extrême, et ne point laisser venir à lui toutes les personnes qui s'intéressaient à son sort déplorable. Les médecins avaient expressément défendu à tous les visiteurs du sexe masculin de se raser la figure, ou, dans ce cas, de se mettre une barbe postiche brune sur le visage. Il adorait les bruns. Ce maire malade avait les blonds en horreur. Une innocente barbe blonde ayant inopinément paru à ses yeux, le maire malade fut pris d'un tel accès de fièvre chaude, qu'il fallut le mettre en camisole. Il resta dans la camisole.

Les crises se prolongeaient, et c'était pitié de voir un maire en camisole, si calme autrefois, maintenant en proie à une fièvre présidentielle arrivée à sa période la plus aiguë, *delirium consulis*.

Aucun remède ne pouvait dompter ce vertigo extraordinaire. Le malheureux proconsul jetait feu et flammes, et jurait comme un païen qu'il aurait sa croix d'honneur — (L'honneur était son dada, depuis l'apparition de la barbe blonde). — C'était des têtes-et-sang, des mort-dioux, des cape-de-dioux à briser les tympans les mieux cuirassés. Bref, la place n'était plus tenable. En ce temps-là, on n'avait pas encore inventé Lourdes et le Sacré-Cœur d'Issoudun, qui, aujourd'hui, guérissent tous les maux connus et inconnus dans ces deux villes, célèbres par l'absence complète de malades et de médecins, comme chacun sait ; aussi le mal de ce maire gâteux se prolongea-t-il jusqu'à la fin de ses jours.

Il consomma, sous l'influence de ce mal étrange, des quintaux de dynamite, et cribla de plusieurs millions de balles d'inoffensifs mannequins dont la tête était ornée de longues barbes blondes, et chaque fois qu'il atteignait cette barbe, il était heureux à l'excès, cet innocent ; il éclatait de rire en se frappant le ventre, en criant à se tordre : « Moi, brave ; bien touché ! il est rasé ; moi, brave ! »

Le fait est qu'il faisait des massacres avec un acharnement incroyable. Aussi peut-on voir, aujourd'hui encore, couchées dans la poussière, toutes les barbes blondes qu'il a immolées là-bas, gisant au fond « du collidor ». On raconte même....

— Est-ce assez de fariboles, maître Molest ; avez-vous fini, impitoyable conteur ? Mon cher, dis-je à ce railleur effréné, la situation ramollie de votre maire des temps monarchiques n'a aucun rapport avec celle des conseillers municipaux de la ville d'Issoudun. Toute comparaison est donc inadmissible, et votre histoire enfantine n'aura de succès qu'auprès des amateurs de la folle gaîté, car moi qui connais ces estimables citoyens, moi qui les ai portés sur le pavois, ainsi que d'autres qui semblent l'oublier parfois — (ce dont je ne suis pas surpris : les bienfaits sont légers pour qui les reçois, et la reconnaissance est une vertu trop lourde pour les épaules humaines), — je les regarde comme des citoyens trop sages pour se livrer au moindre écart envers leurs collègues.

— Oh ! je sais ce que vous allez me dire ; je vous connais ; vous ne voulez voir que les qualités de vos concitoyens, et partant, vous m'apprendrez que le président du Conseil est la perfection même ; la raison, la modestie et la prudence ne lui font jamais défaut. Il est spirituel, gracieux, sincère, et partout où il passe il brille du plus vif éclat, comme ces météores dont la queue flamboyante n'apparaît aux mortels stupéfaits et éblouis que tous les trois ou quatre siècles.

— Mon cher Molest, dis-je en coupant court à cette verve aussi intarissable qu'elle me semblait dépourvue d'intérêt, vous aimez trop le mot pour rire, je le vois ; vous exagérez le précepte du philosophe : « Corrigez les mœurs en riant. » Mais il ne faut pas abuser des meilleurs préceptes, car il s'agit, m'avez vous dit, de choses sérieuses, et vous exercez tout votre esprit à me raconter l'histoire d'un Jocrisse en camisole, tandis qu'il s'agissait d'une scission entre des hommes qui avaient marché ensemble du même pas jusque-là.

Quelques-uns se seraient donc fourvoyés ? Mais qui

donc ne se trompe pas? On peut en revenir. L'homme sage reconnaît loyalement ses erreurs, et il s'applique à les réparer. Et au surplus, sans m'occuper en aucune façon des citoyens dont vous aviez l'intention de m'entretenir, je vous dirai qu'il ne faut jamais ajouter trop de crédit aux propos qui courent les rues.

J'arrive d'un long voyage, et dans l'ignorance des faits, il m'est impossible de porter un jugement sans avoir des documents précis sous les yeux. Ce n'est jamais à la suite d'un récit sévère ou railleur qu'un homme sage doit former ses opinions.

En pareille circonstance et lorsque les électeurs ont intérêt à connaître la vérité, je les engagerai toujours à réclamer la publicité des procès-verbaux de la commune. Je ne connais pas d'autre moyen d'éclairer nos concitoyens sur la conduite des mandataires de la cité, et je vous invite, mon cher Molest, à le répandre parmi les citoyens qui veulent être renseignés sur les affaires publiques.

Croyez-moi, bannissez toute inquiétude, car vous auriez tort de considérer une scission passagère parmi les républicains comme une calamité irréparable. Ce sont des épreuves qui contiennent des leçons dont les hommes sages doivent faire leur profit dans l'intérêt commun, car tout en regrettant l'amertume dont ces événements sont la source pour les citoyens qui sont mêlés aux luttes publiques, il faut aussi reconnaître qu'ils sont un motif puissant d'émulation au sein des partis. Chacun d'eux sera jaloux de se montrer supérieur à ses adversaires et de réaliser des réformes qui concourront au bonheur public. Et

s'il arrivait que les électeurs, abusés par de fausses protestations, se donnassent des chefs incapables ou anti-
républicains, il suffirait de peu de jours de mauvaise
gestion pour éclairer l'opinion publique, qui ne tarde-
rait pas à faire bonne et prompte justice des intrus.
Voyez, pour vous convaincre de cette vérité, ce qui
est arrivé au gouvernement des marguilliers, inauguré
par Broglie et consorts. Leur aplatissement mérité a
soulevé des applaudissements unanimes partout ou
ils ont voulu exercer leur souveraineté frelatée. Ainsi
tomberont tous les incapables et les fourbes. L'avenir
appartient à ceux qui feront de mieux en mieux.

Il n'y a, après tout, que deux partis en présence :
le républicain et l'anti-républicain. Ce dernier a rallié
tous ces républicains qui ont l'appui des modérés
« enragés », grands souteneurs de boutiques miracu-
leuses, des maisons de débauches et autres infamies
dont ils ont gangréné la société. Ce parti, bon pour
désorganiser, est incapable de fonder une chose
bonne et durable.

Ne nous occupons pas des hommes de parti, mais
de leurs œuvres. Celles qui sont bonnes sont des
œuvres républicaines ; celles qui sont mauvaises sont
anti-républicaines, quand bien même elles sortiraient
des mains pures des républicains les mieux trempés.

Il suffit, pour justifier cette assertion, de jeter un
rapide examen sur les travaux accomplis à Issoudun,
depuis dix ans, par des citoyens désignés par le suffrage universel.

L'éclairage public a été amélioré. Un service admirable d'eaux a été organisé. Un nouveau casernement
a été édifié, et quoiqu'il ait été vivement combattu, il

n'en est pas moins, à notre avis, une œuvre humanitaire.

En attendant le siècle de la paix universelle, qui ne tardera guère le jour où l'unité européenne sera faite, comme a été faite l'unité française, nous devons être soldats et nous tenir prêts à la défense de la République. On ne saurait donc trop assurer le confortable à la jeunesse qui fait l'apprentissage du premier devoir du citoyen. Ainsi le veut l'égalité.

Enfin, nous citerons encore la création des nouvelles écoles, dont une salle d'asile pour les enfants du premier âge. Qui n'applaudirait à cette œuvre, où l'on reçoit pendant le jour les enfants des deux sexes que des parents, très occupés par les nécessités de la vie, ne peuvent surveiller eux-mêmes, ce qui expose ces enfants à tous les dangers de l'isolement et à tous les inconvénients de l'oisiveté, tandis que la salle d'asile les protège contre ces dangers, tout en leur faisant acquérir les premières leçons de la langue maternelle et de la morale ? En réalité, cette école est le point de départ absolument indispensable pour préparer les citoyens de l'avenir, mais il faut qu'elle soit tenue par des mères de famille et de véritables Françaises. Ah ! le petit enfant du prolétaire, du modeste journalier, sait-on l'enseigner doucement et lui faire aimer l'école et la patrie ?

Quand donc les fils de France auront-ils des instituteurs, ou plutôt quand donc la République aura-t-elle des écoles pour créer des instituteurs capables de diriger l'éducation nationale, car vous les chercheriez en vain, ces apôtres du véritable patriotisme, mais vous trouveriez aisément les apôtres officiels, à rabats ou sans rabats, hiérarchisés, clercs et laïques, apôtres des turpitudes les plus éhontées et les plus dangereuses, et cela parce que le règlement les y oblige?

L'enseignement actuel débute par des fables immorales qui ont pour résultat de mettre l'erreur à la place de la vérité, et de faire appeler vertu ce qui est crime. De cet enseignement qui déforme le cerveau humain dès son arrivée à la lumière du jour, naissent tous les malentendus et tous les maux dont souffrent les sociétés humaines.

Un simple regard suffit pour constater que la routine scolaire fausse toutes les qualités de l'homme pour faire place à des qualités factices et de convention devant lesquelles tout le monde s'incline avec un respect profond, tandis que le sage, dont la voix n'est jamais entendue, les considère comme des plaies malheureuses et des vices honteux....

Je rencontrai hier, sur la Grande-Place, Rude-le-Vigneron, surnommé par le populaire Rude-le-Républicain, au moment où un révérend Père de la Foi, enveloppé dans sa longue robe noire, le saluait avec une affectation de bienveillance marquée. — Passez donc votre chemin dit Rude, sans ôter son chapeau. — Quel grossier personnage que ce vieux Rude, dit un jeune homme qui serait désolé de manquer l'occasion de montrer ses façons toujours polies ; ne doit-on pas répondre à une politesse par une politesse semblable ? — Je conviens, dis-je, que cette obligation est impérieuse dans nos mœurs ; mais aux yeux de l'homme qui fronde nos mœurs, cette obligation peut paraître un acte d'hypocrisie, et, dans la circonstance, Rude, sans vouloir offenser un être humain, n'a pas voulu faire l'hypocrite et saluer une robe qui révèle à ses yeux, en celui qui la porte, un ennemi de ses opinions religieuses ou politiques.

Rude ne s'est pas soumis à l'usage, il est vrai ; il a manqué aux devoirs de la politesse ; mais il a certainement fait acte de vertu, et il a prouvé en cela que les hommes ne devaient pas être condamnés, sous prétexte de politesse, à saluer des robes et même à les embrasser, ainsi qu'il est encore de mode dans certaines contrées. Ce dont j'ai été témoin, car j'ai vu, non sans dégoût et sans affliction, des paysans et des pêcheurs se mettre à genoux, et baiser de sales robes de religieux crottés qui sortaient titubants de chez le liquoriste. Et sans aller en Italie ou en Amérique, ici même, à Issoudun, un prêtre crapuleux n'a-t-il pas été l'objet de marques de considération, uniquement parce qu'il était en robe et qu'il appartenait à une riche communauté religieuse dans laquelle on ne trouve que des étrangers ? Tous ceux qui accueillaient ce religieux abject auraient cru violer toutes les lois et les convenances, s'ils avaient fermé leur porte à la robe divine. Et il ne redoutaient point de se lier avec un malfaiteur, tant la routine a d'empire sur nous !

Nous ne vivons que d'illusions, mon cher Molest, et lorsqu'un salut est correct et qu'un discours, un simple bon mot, nous arrive d'en haut et tombe de la bouche d'une personne autorisée, nous recevons tout cela comme article de foi, comme une manne céleste, et nous nous trouvons amplement repus. Malheur à celui d'entre nous qui aurait la témérité de demander le moindre grain de mil ! Il serait suspecté, injurié et mis à l'index, comme un malfaiteur de la pire espèce.

Un magicien habillé de jupes bizarres se présente en faisant des signes et des contorsions, vite il faut se prosterner et emplir l'escarcelle de ce saint à tournure grotesque. Nous en sommes encore là, et il y a des gens sensés qui disent gravement qu'il faut respecter l'usage. Il en a toujours été ainsi, donc il faut conserver ces choses. Cela fait frémir !

Lorsqu'une assemblée municipale a poussé l'audace républicaine jusqu'à supprimer une école congréganiste, tenue par des instituteurs dont la moitié devraient d'abord commencer par apprendre à lire avant de vouloir l'enseigner aux enfants, cela devient un événement prodigieux, dont on parle à cent lieues à la ronde. On entend de toutes parts les feuilles rouges emboucher une trompette victorieuse pour annoncer que nous entrons dans l'âge d'or, tandis que les feuilles blanches poussent des gémissements à fendre l'âme d'un saint de bronze, et nous annoncent des cataclysmes effroyables, tenus en réserve par les Dioclétiens municipaux.

Calmez-vous, bonnes gens ! ce jeu badin ne vaut pas l'honneur que vous lui faites les uns et les autres. C'est, il est vrai, un grain de sable ajouté à l'édifice qui s'élève, depuis 89, et en même temps une chiquenaude sur le granit d'une bastille qu'il faut démolir. A ce train là, vous en avez encore pour dix mille ans à vous lancer à la tête, et au bas des reins, des bonnets rouges et des goupillons chargés d'*Oremus*, avant d'apercevoir quel pourrait bien être le vainqueur de ce champ de bataille dont l'origine se perd dans les brouillards de l'histoire des premiers âges.

Si vous le trouvez bon, vivez en paix ; si non, réveillez-vous un peu de ce doux far-niente si cher à vos seigneurs les évêques dans leurs palais dorés et à nos honorables sénateurs dans leurs assemblées nationales, ainsi appelées parce qu'on s'y occupe de toutes choses, la nation exceptée. Donc si vous imitez ces maîtres vaillants, prenez le frais, cléricaux et républicains, et humez le piot, comme dit maître François.

— Ah ! vous avez cent fois raison, dit Molest en rallumant le cigare qu'il avait laissé éteindre — (ce qui est de sa part la marque des graves préoccupations de son esprit). — Il y a tout à faire, et comme vous je dirai qu'il faut commencer par l'instituteur de l'école nationale. Mais ici, les ignorants qui emboîtent toujours le pas des satisfaits, comme le chien suit tous ceux qui le tirent par la chaîne, se récrieront contre vous, en vous lançant le sarcasme et l'injure. Ah ! voici encore cet « être funeste, » dira le cafard avec sa cafarde, bras dessus, bras dessous, en sortant des colonnes de l'*Echo* et autres mauvais lieux. — Ah ! reprendront en chœur ces hommes en souquenilles, ces rénégats qui, hier encore, portaient sur l'estomac des cocardes rouges sur lesquelles figuraient des têtes de veau et des rognons de mouton, comme emblèmes de leur amour divin, et qu'ils ont jetées sur le fumier le jour de l'apparition des décrets ; ah ! voici ce « génie infâme » qui lance sa botte dans le... dos du bon Dieu ; il veut chasser Dieu de l'école. Ah ! nom de Dieu, holà ! gendarmes, commissaires, juges, mon très-cher frère, ma très-chère sœur, armez-vous de vos chapelets bénis et tombons en masse sur le mécréant ! à la rescousse, moines, moinillons et « abonnées, » sus au radical ! Accourez tous ! ce misérable assassin demande l'école nationale, le ministère du socialisme et la suppression du budget des cultes. Pense-t-il, ce gueusard, que nous consentirons à cela ? Jamais de la vie !... supprimer la pièce de cent sous qui sauve les âmes ! mais c'est la fin de la religion, ça ; quelle horreur !...

Voilà, mon cher maître, les aménités qui sont tombées sur vous hier, et qui tomberont demain, avec redoublement d'*ora pronobis* frénétiques que les bonnes âmes vous prodigueront de la part de directeurs de consciences extraordinairement spirituels.

— Eh ! oui, certainement, mon cher Molest, je demande le ministère du socialisme. Alors que nous étudions l'art d'emprisonner et de faire périr les hommes sous des prétextes faux et par des moyens raffinés, je ne crois pas qu'il soit ridicule ni criminel d'étudier officiellement l'art de les rendre aussi heureux que le comporte cette terre agitée.

Une tribune officielle, ouverte à l'étude des questions sociales, aurait l'inconvénient, il est vrai, de faire naître des monceaux d'erreurs dont il serait fait bonne et prompte justice, mais parmi lesquelles on découvrirait des vérités bienfaisantes, infiniment plus palpables que les vérités dont la théologie a farci la tête de tous ses élèves des deux sexes.

Ce ministère aurait encore l'immense mérite d'être la véritable école du patriotisme, que les peuples seraient jaloux d'imiter. Voilà, à mon humble avis, la sublime revanche nationale qui convient à la France républicaine contre ses ennemis du dehors et du dedans.

Les élections sont proches. Le suffrage universel va de nouveau exercer sa souveraineté. Nous dirons en la circonstance : « que chaque citoyen sorte de sa tente et qu'il rallie tous les électeurs dont la sagesse et le dévouement sont acquis à la cause du peuple qui travaille et veut vivre sous des lois ennemies de la fraude et de la violence. »

Voilà les leçons, mon cher Molest, que je tire des événements dont vous m'avez entretenu, puissent-elles être bien comprises et faire serrer les rangs des citoyens que je voudrais voir, bulletin en main, marcher aux cris de : « Vive la paix et la liberté !.... »

TROISIÈME JOURNÉE

> « Nous avons fourni 3,000 hommes
> « à la frontière, ce sont 3,000 républi-
> « cains. Poursuivez, dignes représen-
> « tants, le peuple est là ; mais il est
> « là pour anéantir tous les partis.
> « Que les intrigants disparaissent, que
> « les agitateurs se cachent ! »
>
> « DUPERRET à la Convention. »

Voici l'aurore du troisième jour de mon arrivée à Issoudun. Suivant les préceptes de l'hygiène, l'air du matin est favorable aux vieillards et aux enfants ; et pour me conformer à cette règle pleine d'attraits, au réveil d'une journée qui s'annonce pure et belle, je me hâte d'aller inspecter ce jardinet dont les arbustes sont couverts des perles de la rosée « virginale, » comme dit le poète.

Le soleil, ce dieu de tous les fruits de la terre, rayonne dans un ciel aux tons chauds et doux. Si, en ce moment délicieux, les parfums des fleurs aux nuances si variées, m'obligent à me pencher vers les plantes qui sont à mes pieds, l'azur et les merveilleuses beautés qui sont suspendues sous l'immense voûte, me forcent à relever la tête vers toutes les richesses dont nos regards cherchent à pénétrer les profondeurs, et notre esprit à rechercher les origines impénétrables et inconnues.

On voudrait avoir les ailes de l'oiseau pour s'élancer dans ces sphères qui voltigent comme des étincelles, dans ces espaces incommensurables où les rêveurs ont placé tous les bonheurs qui nous manquent ici-bas.

Mais il n'est si beau rêve qui ne prenne fin, et le moindre choc, le bourdonnement de la mouche, le battement de l'aile de l'oiseau, ou même le rire de l'enfant qui passe, nous rappelle bien vite aux réalités des choses ordinaires de la vie.

Une tuile qui tombe et se brise en éclats me fait remarquer des couvreurs aux pieds agiles qui travaillent sur le toit de l'ancienne chapelle du couvent des Minimes, dont ils réparent la vétusté (1). — Les

____

(1) L'ancien couvent des Minimes est devenu une habitation bourgeoise. L'origine de ce couvent n'est pas très ancienne. Quelques frocards, ne trouvant plus à bien vivre de leurs jongleries dans la ville de Bourges, qui en regorgeait, vinrent s'installer à Issoudun, où ils fondèrent ce couvent vers le milieu du XVIIe siècle.

Les quelques religieux qui l'habitaient au moment de la Révolution

vieilles chapelles et les vieux dieux, de même que
les vieilles sociétés, ont aussi besoin d'être rajeunis,
sous peine de mort. — Les couvreurs armés de leurs
outils, taillent artistement dans le bois, qui reçoit
les tuiles rangées avec symétrie.

Ces braves travailleurs ont-ils quelque sentiment
de crainte ? Songent-ils que l'abîme est sous leurs
pieds ?... Non, car je vois sur ce toit extrêmement
rapide, deux jeunes ouvriers qui, en riant aux éclats,
font des armes avec des lattes qui tombent sur
l'épaule de l'un ou la cuisse de l'autre ; ils se poussent des bottes furieuses en criant hourra !... Je ne
puis m'empêcher de les interpeller : « cessez, enfants,
ce jeu téméraire et dangereux ?... Ils m'entendent,
me reconnaissent et me répondent amicalement :
« n'ayez pas de souci, monsieur Alexandre, n'y a
pas de danger. »

Par l'exigence de leur profession, les ouvriers sont
constamment exposés à mille accidents avec lesquels
ils se familiarisent, comme le soldat est familiarisé
avec les armes. Mais la société a-t-elle bien songé
à ce qu'elle doit à ce hardi travailleur dont le champ
de bataille est trop souvent ensanglanté ?... (2)

---

rentrèrent dans les rangs du peuple avec une vive satisfaction. Ils
avaient la réputation de vivre en bonne intelligence avec les dames
Ursulines. Il en résulta des mariages légitimes lorsque les religieux
recouvrèrent leur liberté.

(2) Il y a quelques jours, trois ouvriers couvreurs de la ville d'Issoudun tombèrent ensemble d'un toit et étaient relevés dans un état affreux.
Au même moment, sur un autre point de la ville, un ouvrier maçon,
père de six enfants, tombait également du haut d'une maison en cons-
truction ; on le releva inanimé, brisé et sanglant. Un témoin raconte que

A mòn appel, mes deux jeunes héros calment leur ardeur guerrière et cessent un combat glorieux peut-être, mais dont l'issue pouvait être tout autre chose. Je vois avec satisfaction qu'ils reprennent leurs matériaux et les alignent, tout en continuant quelques plaisants propos qui tiennent tout en joie leurs camarades.

Un troisième, perché sur le sommet du faîtage, chante d'une voix grave et harmonieuse un refrain patriotique qui éveille en moi des sentiments de reconnaissance envers le poète généreux qui l'a composé dans ses élans d'amour pour la Patrie.

Salut à toi, Chénier, qui as rendu à la Révolution le plus grand hommage qu'elle pouvait recevoir. Salut à toi, qui frappas sans pitié les rois et les prêtres de la superstition.

Ton nom arrive doucement à l'âme reconnaissante

---

cet ouvrier, ayant fini sa journée, était monté au haut du bâtiment pour chercher un camarade qui en était parti à son insu. « Alors, il n'avait que faire de monter là-haut, puisque son chantier était en bas, fallait pas qu'il y aille », dit un féroce clérical à robe courte.

J'ignore si les trois couvreurs étaient dans leur chantier et s'ils jouaient de la latte au moment où ils ont été fracassés pour la vie, peut-être, mais ce que je sais bien, c'est que ces quatre infortunés ouvriers, ainsi que tous leurs semblables, devraient trouver dans la société une mère équitable qui leur assure le moyen d'adoucir leurs maux et de protéger leurs femmes et leurs enfants livrés à la misère par suite de chômages ou accidents de toute nature. Ce serait justice, alors que la société prodigue des palais et les rentes luxueuses à des chanteurs de latin, qui ne courent pas sur les toits pour confesser leurs ouailles ni pour faire leurs sermons ou jeter l'eau bénite aux passants, et faire enfin tout ce qui concerne leur métier, et qui encore, lorsqu'ils sont malades par suite d'accidents ou des fatigues qu'ils ont contractées dans leur chantier, ne sont jamais exposés à laisser périr de faim leurs emmes et d'un Français; et lui rappelle tous les héros de 1792 avec lesquels tu as combattu contre les exécrables tyrannies sacerdotales qui enchaînaient le peuple et l'humanité.

Voici tantôt un siècle que ta voix a été entendue pour la première fois. Tu n'es plus, et cependant tu vis encore, tu vivras toujours. Un ouvrier est là, sur le sommet d'un édifice élevé par de faux prêtres; insouciant du danger qui le guette, sa pensée est empreinte de tes mâles vertus. Il chante tes vers, l'homme inconnu, le modeste prolétaire sur qui repose la nation. Il s'associe à ton amour de la liberté et à tous les sentiments sublimes qui élèvent et fortifient la foi républicaine au sein de la société.

Ce chant, lancé par un enfant du peuple et qui descend comme un écho de 1792 sur toute la ville,

---

leurs enfants; ceux qui en ont ayant pris la coutume; parmi ces protégés de Dieu et du ministre des finances; de laisser cette charge à leurs femmes; ou pour dire vrai; aux femmes des autres, attendu qu'ils renoncent aux sacrements du mariage; ce qui est fort singulier et prouve la fausseté de leurs doctrines; car enfin, si le mariage est une chose sainte, les prêtres doivent donner l'exemple et pratiquer ce sacrement; et s'ils ne le pratiquent pas; c'est donc que la chose n'est ni sainte ni louable. Interrogez ces gaillards-là sur ce dilemme; ils vous répondront; « Vous dites des bêtises; vous êtes un homme sans foi; je vous excommunie, voilà! » — Il serait grand temps qu'on arrête la marche de pareils enseignements en ne les payant pas. D'ailleurs, il n'est pas prouvé que les chanteurs de latin et les porteurs d'eau bénite soient indispensables à notre bonheur, tandis que les maçons, les charpentiers et généralement tous les travailleurs, sont les plus indispensables soutiens de la société, et ce n'est toujours chose cruelle de penser que le pain peut faire défaut à l'homme usé par le travail, tandis que l'or provenant de l'impôt ruisselle dans les palais de gens qui renoncent à élever leurs familles, et par conséquent à se montrer bons citoyens et bons serviteurs de Dieu.

atteste irrévocablement la fin du vieux monde et le triomphe des principes de la grande République, car c'est la voix de Dieu. *Vox populi, vox Dei !...*

Une seconde voix humaine s'élève, ici même, de ma propre demeure. Ah ! c'est mon hôte affectueux qui s'éveille ; il chante toujours, celui-là ; il se met au diapason de l'oiseau perché sur la branche de ce marronnier qui nous fait vis-à-vis, du couvreur qui domine du haut de cette ancienne chapelle, dont les dieux de pierre ont été enlevés sans qu'ils aient protesté par un seul mot ni un seul signe.

Vous chantez, mon jeune ami, je vous en félicite. Chanter dès le matin, c'est prier, et le chant de l'honnête homme est un hommage rendu au Créateur, hommage plus pur que celui d'un perroquet sempiternel, fut-il coiffé de la mitre aux cornes d'or.

Ah ! vous chantez Marceau ; je ne saurais trop vous applaudir, bravo ! Je reconnais bien là le citoyen de Paris ; il connaît ses saints et les honore, en attendant qu'il les imite. Paris, qui a renversé les rois et les faux-dieux, saura bien faire taire les intrigants et les agitateurs qui voudraient les faire revivre.

Vous ne pouviez mieux choisir, mon jeune ami ; Marceau est l'une de nos plus grandes gloires nationales. Sa vie fut courte et glorieuse ; il se battit pour donner la liberté à sa patrie ; il fut pur comme la cause qu'il avait embrassée, noble et grand comme Paul Emile et Brutus ; il fut magnanime et généreux. Byron a immortalisé Marceau dans ses œuvres sublimes.

Mon hôte, rempli des sentiments élevés et patriotiques dont les habitants de la glorieuse ville de Paris ont toujours donné le noble exemple, comme du culte qu'elle a voué à Marceau ainsi qu'à tous les héros de la grande République, reprit son refrain, après m'avoir adressé son salut matinal :

Il partit, le soldat stoïque,
Sur le Rhin combattre les rois,
Fier et chantant à pleine voix :
Vive la République !

Issoudun, 10 vendémiaire an 89 de la République française.

Issoudun. — Typ. MOTTE ET GOUSTY.

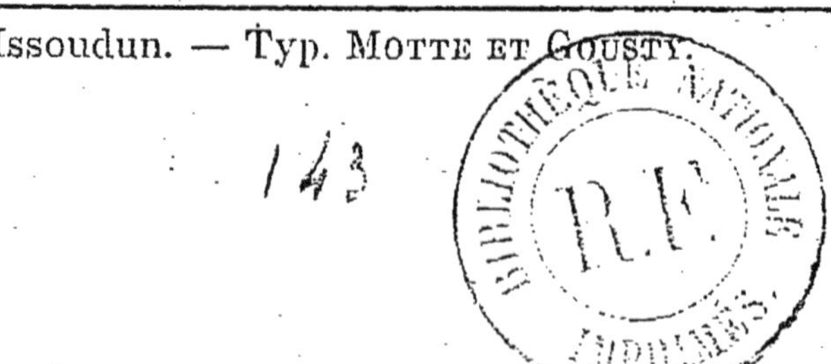